AF242819

LES PROSCRITS

OU

LE CRI FRANÇAIS.

Par LAVIGNE.

IMPRIMERIE DE SÉTIER.

A PARIS,

Chez tous les Marchands de Nouveautés.

1819.

LES PROSCRITS

OU

LE CRI FRANÇAIS.

ODE.

J'AI vu l'implacable Vengeance ,
Cinq lustres à peine écoulés ,
Regagner ces champs de la France
Qu'elle avait déjà désolés :
L'Envie, aux yeux secs et livides ,
Et l'Avarice, aux mains avides ,
La guidaient en la bénissant :
Plus loin, la Peur, au front servile ,
La Haine et la Guerre civile ,
L'accompagnaient en frémissant.

Dieux ! avec quelle ivresse impie,
De tous côtés semant le deuil,
De ma malheureuse patrie
Elle a fait un vaste cercueil ;
Dans nos provinces saccagées,
Et dans nos villes ravagées,
Tout est rempli de ses horreurs :
Lyon a subi sa colère,
Et les rivages de l'Isère
Parlent encor de ses fureurs.

O douleur ! ô honte éternelle !
J'ai vu, loin de la repousser,
Nos Grands, d'une main criminelle,
L'accueillir et la caresser :
Ils applaudissaient à ses crimes ;
Ils lui désignaient les victimes
Qui devaient tomber sous ses coups :
Ils ont, de leurs vieilles chaumières,
Chassé des familles entières,
Pour satisfaire à son courroux.

Mais quelle est cette autre Déesse
Qui semble plaindre nos malheurs ?
Dessous l'humble front qu'elle abaisse,
Je vois ses yeux baignés de pleurs :
A la Prière chancelante
Elle tend une main tremblante,
Et l'Espérance la conduit ;
Près d'elle, à la Douleur plaintive
S'unit la Justice tardive,
Et l'Oubli généreux la suit.

Ah ! c'est la Pitié secourable,
Qui, bannissant un juste effroi,
Vient, sur notre sort déplorable,
Ouvrir les yeux de notre Roi.
O supplice ! une voix terrible
Fait, avec une joie horrible,
Entendre un refus éternel:
Et, bravant la clameur publique,
Cette sentence tyrannique
Se pare d'un nom solemnel.

Non, Louis, je ne puis le croire,
Tu n'a pas rejetté nos vœux,
Ils sont encor dans ta mémoire
Ces tems qui t'ont vu malheureux,
L'aveugle fureur, ni la haine,
Jusqu'à ton âme souveraine
N'ont pu trouver un libre accès ;
Louis des rois est le modèle,
Dans sa tendresse paternelle
Il embrasse tous les Français.

Il sait, lui que l'honneur anime,
Il sait que l'immortel Henri,
Par sa clémence magnanime,
Nous a rendu son nom chéri.
Ce n'est ni la France conquise ;
Ni Rome ou l'Ibère soumise ;
Qui l'ont fait le plus grand des rois :
Embrasser Mayenne perfide,
Pleurer sur Biron parricide :
Voilà de plus nobles exploits !

N'en doutons pas : ce Roi si sage
Dont la prudente habileté
Nous fit entrer , après l'orage ,
Dans le port de la Liberté :
De nos familles désolées ,
Et de nos villes ébranlées ,
Ce Roi sera le ferme appui ;.....
Ah ! si d'injustes destinées ,
Ne précipitaient ses années ,
Son aïeul revivrait en lui.

Mais il est une main coupable
Qui , par le plus noir des forfaits ,
De sa clémence secourable ,
Ose détourner les effets.
En vain, dans son âme attendrie ,
Louis gémit sur la Patrie ;
Cette main le retient toujours :
Comme ces digues menaçantes
Qui , des rivières bienfaisantes ,
Souvent arrêtent l'heureux cours.

Loin : cette lâche complaisance ,
Qui fait adorer le pouvoir ;
Je brave une injuste puissance ,
Et veux n'obéir qu'au devoir.
Lorsque le péril les menace ,
C'est par une intrépide audace ,
Que se sauvent les matelots ;
Comme eux , mon âme courageuse ,
Se rit de la mer orageuse ,
Et du vain murmure des flots.

Le voyez vous, à l'ombre antique
Du trône auguste de nos Rois ,
Cet homme dont le pied inique
A foulé nos plus saintes lois :
Du sein des publiques tempêtes ,
Il s'est élevé sur nos têtes ;
Il nous domine par l'erreur ;
Et sa hideuse tyrannie ,
Insulte , toujours impunie ,
Aux victimes de sa fureur.

C'est lui dont la voix infidèle
Pousse, en des sentiers égarés,
Ces conseils où le Prince appèle
Nos sages les plus éclairés.
L'Équité, faible et chancelante,
Palit et fuit toute tremblante,
Devant cet astre injurieux ;
Et la vertu la plus austère,
Honteuse, et contrainte à se taire,
Subit son joug impérieux.

Alors que la Patrie en larmes,
Naguère, osait par d'humbles cris,
Pour prix de ses longues alarmes,
Redemander ses fils proscrits :
C'est encor lui qui, par ses brigues,
Et par ses honteuses intrigues,
Tarit la pitié dans les cœurs ;
Lui, qui fit, par des voix coupables,
Prédire à tant de misérables
L'éternité de leurs douleurs.

Hélas ! d'une espérance vaine
Nos esprits s'étaient donc bercés ?
Les jours de vengeance et de haine
Ne sont point encore passés !
O vous, malheureuses victimes !
Le Ciel, à vos vœux légitimes,
Refuse un destin plus heureux :
Allez aux cités étrangères
De vos fronts chargés de misères
Reporter l'aspect douloureux.

Regagnez l'asile modeste
Qui, naguères, cachait vos pleurs,
Replongez dans l'oubli funeste
Et votre gloire et vos malheurs.
Assis sur les rives lointaines,
Racontez vos touchantes peines
A leurs habitans attendris :
Pleurez dans votre solitude,
Pleurez la triste servitude
Des beaux champs qui vous ont nourris.

Mais gardez que votre courage
Dans le deuil ne soit abattu,
Surpris par le sort, le vrai sage
S'enveloppe de sa vertu ;
Si la justice est différée,
Des Dieux la volonté sacrée
Peut la faire éclater demain.
La chûte du crime est tardive,
Mais enfin la Vengeance arrive ,
Un glaive terrible à la main.

Non : dans l'exil et la tristesse,
Sans gloire, il ne s'éteindra pas,
Celui dont les sœurs du Permesse,
Sur le Pinde, ont guidé les pas. (1)
Nous le reverrons , au théâtre,
Charmer un public idolâtre
Par l'éclat pompeux de ses vers,
Et sur les traces des Corneille,
Frapper notre sensible oreille
Du récit des pompeux revers.

(12)

Il reviendra cet homme juste,
Que Rome antique eût admiré; (2)
Ce sage qu'à sa cour auguste,
Accueille un Monarque éclairé.
Le voyez-vous, sa voix encore,
Du sein de nos champs fait éclore
Des bataillons audacieux :
Il parle, et son âme sublime,
Encore une fois, les anime
De son souffle victorieux.

Et toi, qu'une étoile jalouse
Poursuit, tout couvert de lauriers,
Toi qui reconquis à Toulouse, (3)
L'honneur sacré de nos guerriers,
Tes fiers soldats te redemandent;
Déjà leurs bataillons t'attendent;
Ils redéployent leurs drapeaux.
Louis a daigné les entendre,
Son cœur a promis de leur rendre
Le plus brave de nos héros.

Oui , c'est envain que ta vengeance,
Dans ses implacables arrêts ,
Jura que le Ciel de la France
Leur était ravi pour JAMAIS :
Ton prince , ambitieux ministre !
Déjoûra ton projet sinistre :
J'en jure par les Immortels....
Ah ! ce n'est que dans ces lieux sombres ,
Redoutable empire des ombres ,
Que les tourmens sont éternels.

———

(1) Arnauld.

(2) Carnot.

(3) Soult , rentré en France depuis peu.

OBSERVATIONS.

Il y a déjà quelque tems que cette Ode a été composée : l'auteur l'avait presque achevée dans les premiers jours du mois de juillet et son intention était de la publier alors. Mais l'espèce de démenti politique qu'un Ministre donna à son collégue, en annullant et en ridiculisant son fameux *jamais*, fut cause que ce petit opuscule ne vit pas le jour.

Si même on se reporte à cette époque célèbre, on se rappelera sans doute qu'il y avait lieu de croire que le rapel des bannis, qui venait d'être partiel, ne tarderait pas à devenir intégral. En effet, on avait cru que la délivrance d'une grande Princesse, ou tout au moins la joie d'un Ministre au jour d'un baptême impatiemment attendu, ferait accorder à la France ce qu'elle avait le droit d'attendre de la justice ou, d'espérer de la clémence.

Mais ces espérances ont été successivement trompées, le jour du rapel, si souvent retardé, est maintenant rejeté dans un avenir qui semble s'éloigner de plus en plus. C'est ce qui m'engage à publier aujourd'hui mon Ode en faveur des proscrits.

D'ailleurs les chambres sont sur le point de se rassembler ; le peuple prépare, dit-on, de nouvelles pétitions ; les Ministres, de leur côté, s'apprêtent à renouveller la fameuse séance du 21 juin ; toutes les voix vont se faire entendre dans ce mémorable procès du malheur contre la puissance : on me pardonnera donc, du moins je l'espère, d'oser aussi faire entendre la mienne.

Sans intérêt personnel, n'ayant vu, grâce à ma jeunesse, la révolution française que dans l'histoire ; l'on peut être assuré de la pureté de mes intentions : Si je parle, mes paroles seront sincères, et ce qui les inspire ne peut être que la pitié pour le malheur, si naturelle à l'homme, et, j'oserai le dire, l'indignation, non moins naturelle, que fait naître l'injustice.

Ce n'est pas pourtant que je regarde les régicides bannis comme innocens, loin de moi cette idée sacrilège ; mais la chambre de 1815 qui, en prononçant leur exil, sembla imposer des lois à la clémence du Monarque, ayant été dissoute, et l'exil de quelques Français étant contraire à un des articles de la Charte, je pense que, sous ce rapport, la loi qui les frappe peut être appelée injuste.

L'on demande pourquoi le Ministère, après avoir renversé cette chambre et annullé plusieurs de ses actes, a conservé, avec une sorte de plaisir, le plus tyrannique de tous, pourquoi certains régicides sont-ils encore proscrits quand d'autres sont restés en Fance ? Est-ce pour le crime de régicide qu'on les punit ; mais tous les régicides ont-ils été punis ? Est-ce pour avoir occupé des places pendant les cent jours ? mais il est une foule de leurs collègues qui sont restés non seulement dans leur Patrie, mais même dans leurs fonctions. L'on demande encore pourquoi l'on a refusé , et pourquoi l'on refuse en-core des juges à une classe de bannis trouvés trop coupables pour demeurer en France , et pas assez pour subir une condamnation. Jusqu'à ce qu'on ait répondu à ces questions , n'est-il pas permis de croire que la continuation de leur bannissement n'est pas une justice , mais bien une vengeance particulière.

J'ai laissé mon Ode telle que je l'ai d'abord faite , je n'ai pas même retranché une strophe en l'honneur du duc de Dalmatie , quoiqu'une ordonnance minis-térielle lui ait depuis accordé la permission de revoir la France. Ce n'est pas pourtant que mon nom lui soit connu ; ni la reconnaissance, ni la flatterie n'ont dicté mon éloge ; et , je le déclare hautement , ceux que , dans cet ouvrage , j'ai pu louer ou blâmer , ne m'ont fait ni bien ni mal.

FIN.